우리 시대 현대시조 100인선 31

절정의 꽃

김 호 길

태학사

우리 시대 현대시조 100인선 31

절정의 꽃

초판 인쇄 2000년 8월 25일 • 초판 발행 2000년 8월 30일 • 지은이 김호길 • 펴낸이 지현구 • 펴낸곳 태학사 • 주소 서울시 서초구 서초 2동 1357－42 • 전화 (02) 584－1740 (代) • 팩스 (02) 584－1730 • e-mail thaehak4@chollian.net • home page www.thaehak4.com • 등록 제22－ 1455호

ISBN　89-7626-558-0　04810 • ISBN　89-7626-507-6　(세트)

☞ 저자와 협의하에 인지를 생략합니다.
☞ 파본은 구입한 곳이나 본사에서 바꾸어 드립니다.

월남전 참전 헬리콥터 조종사 시절 UH-1D 헬기에서(1970)

미주 한국문인협회 산파역을 맡고 구상 선생을 초청하여 연 문학강연회에서(1983)

송년 시조문학의 밤에 고원 윤석산 시인과 함께(1998)

멕시코 농장의 농부가 되어

차례

제3부 그리움의 초상

제4부 내 마음 거울 속에

8

제1부 구름밭의 시

하늘 환상곡·1

먼 사랑아, 네 고운 목소리보다 진한
구름밭 사이 한 뼘 돋아나는 쪽빛 바다
그 바다 품 속에 안은 나도 구름이라야

쓰디쓴 아픔 삼켜 바람소리 누벼 가는
여린 나래 밑동에서 울려나는 노래
그 가락 물살 일구며 지금 해가 피고 있다

안타까움의 노을빛, 바람이랑 같아 온 사연
이 하늘 바다가 엮어 온 이야기를
실실이 풀어내리다, 금빛 은빛 너울 타고······

하늘 환상곡 · 2

임이여, 상기 고운 하나 믿음과 사랑은
바람 찬 마음바닥 봄빛처럼 나부껴와
끝없이 일구어 내는 아, 홍사의 아지랭이―

볼 부벼 임의 품 속 정을 부벼 저려 오는
그 푸른 그리움을 바람 비 지나가고
한 생각 이다지 맑아 퉁기는 듯 찌잉 운다.

생각의 여울 굽이 색구름 비껴 타는
꽃물결 일어 일어 금빛 노래 금싸라기……
당신의 가슴에나 남아 반짝이고 있는가

구름밭 일기

백목련 꽃잎 열듯 내 어릴 적 꽃시절은 풀피리 싱그러운 가락도 은은하고 다시는 사윌 수 없는 놀구름 타더란다

그 하나 잡힐 듯 잡힐 듯 날아 오른 잎시절은 갈수록 멀어만 가는 내 하늘은 아득하고 속아 또 천리 밖 어디 마음 띄워도 보는가

언제면 다시 그날 깃을 접은 자리, 어둔 먹구름 지운 빛줄기 오르고 끝내는 보람을 피운 꽃내음 번진다

하늘 습작-새[鳥]

'조국이 남겨 준 것은
저 하늘밖에 없다'

그 말씀 비춰 하늘
은은한 푸름 사이

꽃구름 구름 누비는
갈매빛 새로 사오

다난한 세상사를
안개깃에 접어 두고

밀리는 먹구름을
헤쳐 나는 침로

내 젊음 날개를 치며
대붕의 꿈을 펼친다.

언젠가 이 겨레 앞에
다시 밝은 태양도 뜨고

한 하늘 가득하게
꽃 보라 나부끼는

그 날의 사명을 품고
청보라매 깃을 치오

밤 항로

I
밤은 잠든 바다를
구름으로 덮어주고

하늘은 못 자는 그를
별무리로 감싸누나

저 우주 다함없는 질서
사랑보다 깊어라

II
서천 쪽박달이
바다에 빠지는 순간

유난히 빛 고운 별 하나
함께 지고 있다

이 세상 하찮은 것도

애정 아닌 게 없어라

해발 삼만 구천 피트

I

해발 삼만 구천 피트 한 발 먼저 질러 와서
한사코 달려들다 부서지고 뒹구는 바람
남위도 성난 바람은 천둥 허리를 타고 온다

태평양 파도 이랑에 그림자 벗어두고
야생마 길 못들인 기류를 헤쳐나면
햇볕과 바람만 그득한 하늘 속의 하늘 나라

고층운 상상봉에 눈도 맘도 헹구어 낸
순백의 부신 평원 한나절을 널어놓고
구만리 장천(長天)을 쪼아 봉황으로 나른다

II

한 생애 험난한 항로 멀고 먼 각고의 길을
나와 동승한 그대 운명을 같이 지고
만리도 시름에 젖는 어둔 밤의 여로여

하늘 산책

내려보아 한 줌 모래
주먹 안에 들어오는
인생사는 그런 거여, 시시한 그런 거여
내 젊은 나래를 타고
바람 띄워
구름 띄워

사위가 어두우면
가슴 안 불지피리
멍울진 심장 구석 우릿소리 핥고 가도
내 침로 Overcast*
바람 태운
구름인 거

짙푸른 흐름을 실은
창을 지나 피부 속엔
카브르* 그대 이야긴 귀 담아 시가 된다
내 푸른 하늘을 가르고

날으는 갈매의 새

* Overcast : 항공용어로 하늘에 구름이 완전히 덮인 상태.
* 카브르 : 이태리 민족 운동의 거성. "조국 이태리는 너희 젊은이에게
  저 푸른 하늘밖에 남겨 줄 것이 없다."는 말을 남김.

별밭에 앉아

누가 보석 같은 아픔을 위해
별밭에 앉아 있다

불볕 더위 목 타는 돌밭길
허우적 지나와서

찬이슬 빚은 명상의
해맑은 깨달음을……

은하계 어디쯤 표류했는지
도시 알 수가 없다

쑥국 쑥국 어디선가
무딘 혼을 못질하고

울음도 목에 걸리는
비수 같은 서녘 달

세월의 행간 사이
우두머니 앉아 있다

몇 백억 광년을 떠나와
시방 눈맞춘 너의 소식

가느단 빛살을 끌며
먼데 별 하나 진다.

별의 안부

에워싼 어둠의 벽을
스스로 뚫기 위해
몸으로 불을 달구어
인력권을 벗어나던

별이여, 어느 밤하늘
빛을 긋고 가는가

물매미 맴을 돌듯
일상의 늪을 돌다
진실로 아픈 몸짓
어둠 속을 가르던 별아!

어느 별 외진 하늘을
홀로 떨며 가는가

비행운(飛行雲)

그가 떠나고 남은 하늘
저미는 아픔으로
점 하나 하얀 선 그어
노을 속에 새겼다

이윽고 그 흔적마저
모두 지우리
어둠은

비상(飛翔)

훌쩍 날아 보아 땅 한 번 만져 보고
또 한 번 훌쩍 날아 구름 한 번 만져 보는
학인 양, 아아 학인 양 가비야운 나래짓

검은 구름밭 지나 부신 꿈의 초원
애, 증 한 계단 넘어 온통 푸름에 멱감은 몸
하늘의 성스런 피가 굽이치고 있을 게다

누군 신문지 한 장으로 우주를 가렸던가
손바닥 그 하나로 들고 나는 하늘 땅에
거슬러 누벼 날으는 찬란한 저 은빛 나래

풍경초

I

비취 하늘 떼구름밭 평화로운 태양의 나라
더러는 집채같은 솜구름 몰려 산다
영원한 안식의 고향이사 하늘 밖에나 있는가

II

끝없이 펼쳐나간 구름 또 구름의 바다
저무는 대해 위에 화알 활 타는 노을
불바다 불기둥을 잡고 내 마음 한껏 설레인다

III

어둠 깊숙이 별이 뜨고 속눈썹 달이 뜬 다음
어둠 사르는 별 중에 가장 밝은 별로 뜬다
태평양 곤히 재우는 저 정다운 자장가

IV

그 뉘라 그릴 건가 한 폭 그림으로 못 담을
운평선 가이없는 피안 건너 타는 아침

진주홍 햇덩이를 안고 머언 산이 오른다

제2부 아득한 그날 앞에

전상병(戰傷兵)의 눈물

잠결에도 어머니를 찾는 전상병의 눈물에는
그 어머니의 애타는 마음이 한데 얼룩져 내리고
감으면 안기는 고향 설운 산천이 고이느니

소리 없이 흐느끼는 전상병의 눈물에는
마지막 포복의 순간 화약 냄새가 번지고
끓는 피 속으로 맺혀 울먹이게 하느니

혼수의 새 깃을 치는 전상병의 눈물에는
실핏줄 아려드는 낙숫물 듣는 소리……
애달픈 땅의 연대의 기찬 역사가 흐르노니

무궁화

1

태초 신의 뜻은 천지 겹의 한 알 씨앗
삼천리 고을마다 철철이 피고 지리니
내일은 신의 약속만큼 밝아 오는 저 언덕

2

푸름 향해 뻗은 줄기 꺾여져도 다시 뻗고
어질디 어지신 할버지 살아 생전 말씀처럼
순박한 겨레의 뜻을 꽃잎마다 새겼다.

3

날 저문 뜨락에도 저리 밝은 모습이듯
슬픈 단 하나 원도 꽃이 피듯 잎이 피듯
무궁화 꽃 앞에 서서 두 손 가만 모은다

호 속에서

시방 내 마음속에 터져 나는 아픔이 있다
천둥과 빗줄기로 떨어져간 꽃의 피가
한 십 년 세월은 가도 여린 가슴에 꽉 엉겼다

호 속에서 뒤척여도
하늘은 낮아 희부옇고
더욱 까마귀 소리만
뼛속에 닿는구나
이 강산 어둠을 사를
태양도 식은 고지

깨금 한 알 물고
깨물어 뱉어 내어도
목에 걸려 신열 나는
울분을 어이할까
칠흑의
어둠을 향해
조준하는 매복병

여기 내 마음속에 영그는 꽃망울이 있다
죽어 영원히 사는 보람에 던진 목숨
몇 천리 향기 그윽한 한 송이 꽃이 피고 있다

태백산맥

골마다 별떨기 지고 착한 꽃들도 진 다음 얼마나한 기
인 날을 산바람은 울고 갔나
　갈대숲 머리를 풀고 기구하는 어둠 속을……

북새, 하늬, 돌개…… 바람은 바람대로 갈아드는 산자락
을 잎새들도 느끼는데 몇 만년 베고 누워서 깊은 잠에 어
린 산아!

한 때 무지개 비낀 세월도 그물고 칡넌출 가시덤불 헤
집고 사는 사슴
　그 망울 삼삼이는 봄은 어데만큼 머무는가

수풀도 진초록의 융단으로 깔린 산하, 훨 훨 철새가 되
어 누비고 싶은
　정을 실실이 뿌리고 가는 이슬비가 지난다

목숨의 모진 뜻을 씹고 사는 풍란이듯 풍화된 황토밭머리
빛 바랜 초가에도 가늘게 등불은 밝아 흔들리고 있더니라

언제까지 곤한 잠에 떨어져 있을 건가, 피 진한 모국어로
뒤트는 아침마다 혈맥 그 숨결은 돌아 눈 부비는 나무들

초병애가(哨兵哀歌)

I

역리의 꽃잎 지다
침하하는 하늘 기슭

피 비린 증언하려
그리매와 내가 섰다

구천을
찢어 넘치는
이 울분은 고독을……

II

그래도 내 강산은
달을 품는 숲이 있고

실개천 지절대는
그윽한 시공간을

꽃사슴
풍악소리에
하늘 이고 살더란다

Ⅲ
사랑이 만조하는
여울목의 꿈에 젖는

수려한 내 소녀의
마음씨 같은 반도(半島)

한 겨운
애모에 타는
나 있다, 여기 있다

Ⅳ
빛살 가득 금오성은
끓어 둥실 꿈 덩어리

어기찬 곧은 눈매
새날 빚은 모으는

북한강
아슬 구비로
바람 울고, 나도 울고…….

금화에서

목쉰 절규 재울
아무런 음악도 없이

소총 가늠자에
가랑잎 맴을 돌고

뼈 속에 날을 세워도
꿈빛 화답은 없다.

분계선 어디쯤서
지뢰로 터지고 말까

아무리 휘돌아 봐도
여긴 분명 이방인데

원 모아 애저린 마음
혈맥 치는 조국아

백두산 천지(天池) 물은

백두산 천지 물은
신이 부려놓은 정화수

해맑은 영성의 정기
운무 되어 솟구치고

하늘도 그 원이 깊어
푸른 심연에 내렸다

호심에 피어나는 물안개는
하얀 서원(誓願)의 향기

부디 배달 겨레여
무릎 꿇고 참회하라

상기도 사무친 한을
바람결에 띄운다

유배지의 산

검붉은 뼈만 앙상한 산 하나 놓여 있다
삶과 죽음 갈라놓은 바람이 할퀴고 가면
죽은 듯 고요 속에서 천지 모두 눈을 뜬다

죽음은 다시 살아나고 삶은 모두 죽어 있는 듯
가시 입은 선인장들의 오랜 고행의 나날
들끓는 아우성조차 침묵으로 잠재운……

불길 같은 바람 속을 꿈꾸며 기다려 왔다
살을 에는 추위에도 별을 헤며 견디어 온
후두둑 비 듣는 산마루 무지개를 걸었다

역겹고 질긴 목숨 불멸의 의미를 새긴
뼈 시린 절망의 산아, 간절한 그리움의 산아
더불어 나의 시름은 은혜로운 시로 핀다.

밤바다에서

파도야 네 무슨 곡절로
꺼이 꺼이 울고 있냐

내 울음은 목에 걸려
속으로 속으로만 삼키는데

파도야
사무친 무슨 한으로
몸부림치며 우는 거냐

새날

쑥 구렁 가시 구렁 길 없는 길 돌아왔네
쩔뚝이며 절며 절며 각설이로 돌아왔네
못 죽어 견뎌온 나날 오, 환하게 부신 새날

야간 열차

선잠 설치고만 괴롭고 지루한 시간
달도 별도 지고 허구한 사연도 지고
희부연 삼등 찻간의 삐걱이는 내 그림자

그 무슨 연유의 시름을 올올 짜는
답답한 삶의 날을 여정에 실어 두고
동트는 어느 마을을 달려가고 있는 걸까?

삶의 고달픔 마주 앉아 주고받는
부질없는 이야기로 목청을 돋구는데
그믐날 별싸락 같은 푸른 꿈이 괴고 있다.

아침 시곡(試曲)

물소리 바람소리 새소리 산의 소리
누리에 빛 트이는 내 안의 아픔소리
그 소리 소리들 중에 맑고 고운 네 목소리

이봐 남해바다 잔잔한 물이랑을
숨죽여 느껴 우는 그 잔잔한 물이랑을
네 생각 가슴을 훑고 파도치는 물이랑을

아침은 품안에 가득 밀려오는 바다—
잠이 깬 내 바다에 네 갈매기의 노래
깊은 속 부신 꿈덩이 푸들대고 있는가

제3부 그리움의 초상

그리움

너 가고 빈 가슴의 아득한 산마루에
달 하나 외로움에 뜨는 달 하나 솟아올라
그 달빛 넘치는 골(谷)에 왁자한 귀뚜리 소리

남으로 띄운 엽신(葉信)

예수리 깊은 밤을 달은 구름 속에 숨고
어슴푸레 오솔길을 발걸음 서성일 때
바람은 어찌 그렇게 대밭은 울어 예는지

밀양 박씨 솔 짙은 숲
뻐꾸기 우는 밤은
밀어 솔잎 사이
별빛으로 익은 다정
얼얼이 앙금을 삭혀
은한강을 넘었던가

버들강 굽굽이를 비늘놀 번뜩이며
한 생각 이랑져 오는 몸부림의 겨운 노을
애타는 그리움 속을 어스름만 짙어라

천리하고 더 얼마를
떠나 온 거리 밖에
이 밤은 눈발치고

목이 몹시 타는데
내 품엔 남도 땅 어디
동백꽃이 피는가

안부

그대 보고 싶네, 깊도록 마주 앉으면
잔 속에 피어나는 인생의 훈훈한 이야기
진정한 우정의 벗 그대 안부를 묻고 싶네

타산의 주판알을 아낌없이 던져두고
양심의 두레박으로 순수를 길어 올리는
외로운, 서러운 그대 목마르게 보고 싶네

가난해도 풍성한 그 얼굴엔 밝은 눈빛
바람별 나선 그대 까칠한 손등에도
먼 날은 삼월 강변의 아지랭일 지피리니

초설 이후

쉘리 봄의 시가
상기 그리워지는 날

정원 가지 사일
후루룩 눈덩이 내리고

한참은
햇빛도 부셔
찬연한 요정의 아침

한 뼘 구멍난 살림
창호지로 기워두고

조가비 내실에도
한 그루 난을 가꾸는 마음

사랑빛
속엣말 나누는

창은 한결 밝아라

낮술

솔숲에 학이 내리듯
그대 오길 기다리다

일각이 삼추인가
초침소리 가슴을 울리고

흘러온 구비 구비를
한잔 술로 비낀다

한 생을 헤쳐갈 동안
무수한 만남과 별리

덤덤히 느끼는 정은
찾을수록 멀어만 가고

한순간 그대 향한 기다림
영원으로 새긴다

연

그 먼 날 날아간 연을
여직 늘 생각는다

하늘 무한 창공 너머
은하계로 날고 있나

그 한 줄
인연의 끈을
아직 놓지 못한다

엽서

꽃잎 지듯 무지개 사위듯
훌쩍 가버린 인생의 봄날

풀빛 엽서 한 장
바람결에 띄우노니

산수유 눈망울 같은
그대 안부 그립다

가을 운(韻)

새벽 석점을 꿰어 넘어온
귀뚜리 떨리는 가락

천의 파도 만의 이랑에
묵은 불감을 헹구는가

칠흑 저 어질머리에
달빛 한쪽 비치고

진통의 밤을 지나
명상의 깃털을 물고

천년 비상을 채비하는
우람한 어느 새벽

하늘은 채운(彩雲)을 불러
꽃보라를 날린다

낮달

잊자고 널 잊자고
해와 달을 지웠지만

문득 바라본 하늘
낙관으로 박혔구나

낮달아
하늘에 걸린
내 아픔의 문신아

고향생각

고향은 언제나 내게 꿈이고 또 신앙이다
외로울 때나 슬플 때나 메아리로 와서 닿는
청솔 숲 뻐꾸기 소리 늘 가슴에 빚고 있다

향일성 해바라기만큼 그 땅으로 끌리는 마음
그날 그 순간만은 만월만한 복일러니
어머님 자장가 소리 눈이 절로 감기는……

오봉산 나락논에서 쫓겨 나온 새떼 같은
엮어온 숱한 세월 돌아보면 회한인데
뒷뜰에 채마밭 일구는 그런 꿈이 그리워

고향은 언제나 내게 정이고 또 사랑이다
세상사 티끌 속 누벼 마지막 돌아갈 귀항
푸른 산 푸른 물빛이 눈에 삼삼이누나

사천운율도(韻律圖)

지리산 눈 덮인 원경 병풍으로 둘러놓고
뭍과 바다 사이로 지레 봄이 질러온 고성(古城)
못 사릴 은혜의 마음 꽃이 피는 고향 땅

고읍천 물빛 고운 은어며 보리피리
천렵 한 때 여름 바람 매미도 자지러진데
소나기 몰아간 하늘 양떼같은 구름덩이

단풍 타는 산성 실솔 울음 영글 무렵
밭이랑 들이랑 넘실대는 금빛 너울
온 고장 풍년가 소리 높아만간 가을 하늘

윤나는 질그릇같이 가난이 몸에 배어도
북새 등진 초가마루 볕살은 그득하고
네 있어 다사론 고을 아지랭이 오른다

바다 두고 배도 두고 깎아지른 벼랑도 두고
춘삼월 벚꽃자리 풍악하는 내 고장 사람

갈매기 놀빛 지르고 멀어만 간 수평선

못(池) 하날, 하늘 아래 못 하날 만든 선인(先人)
기러기 소리만 나면 풍년가를 헤아리나
상기도 당신의 사랑 취옥빛의 두량지

철마다 꽃들이 다투어 지고 피는 소국에는
등나무 푸른 그늘 드리운 태평성대
가난도 가꾸어 가는 원정으로 사는가

해풍에 갈꽃 흩이는 새가 사는 마을에서
나도 날개를 얻고 저리 높은 하늘을 얻어
한 세월 지나간 누리 깃 치는 대붕일레

수양산성(洙陽山城)

고목낡 설대숲 상수리 오리숲을
방울새 까치 비새 꾀꼬리 딱따구리
골골이 메아리치는 푸른 합창 푸른 산

솔숲에 송화 가루 대숲에사 대바람 소리
바위옷 이끼 풍죽 고사리 청태바위
그 산빛 십리정 밖을 둥근 해가 피는 산

제4부 내 마음 거울 속에

제4부 내 마음 거울 속에

춘란

북악을 떠다놓고 난 한 그루 심어두고
한결 밝아진 창 은은한 삶의 향기
먼 세상 소음도 자고 여기 바위틈의 물소리

북새로 깎은 아픔의 저 고독한 내원
살갗도 심령도 속의 눈물도 다 풀어낸 섭리의 햇살
그러나 가슴 속 어디, 상기 안 풀리고 남은 얼음

유년의 잃은 꿈인가, 먼데 사는 아지랭이
오늘은 그도 부르고 무위자연도 앉혀 놓고
수묵빛 졸음을 녹여 고요 속에 잠긴다

보리수 그늘에서

티끌 수보다 많은 죄의 짐을 부려놓고
무릎 꿇어 향 올리고 우러러 두손 모으면
눈물도 죄만 같아서 몸둘 곳을 모릅니다

파초 한 잎 끝에도 되뇌이는 푸른 말씀
어지신 미소로도 깨침은 아득한데
처마 끝 풍경 소리는 아픈 번뇌를 깨웁니다

고해의 그 한바다는 헤아림이 가이없고
온갖 나울에 씻긴 옥 같은 참회의 눈물
자비의 다슨 손길을 꿈결인 양 느낍니다

홑 시조 연습

하나·여울
세월은 살같이 가고
못 건져낸 빛살 한 줌

둘·사랑
쓰리고
괴로울수록
사리알로 맺히는……

셋·우수절
가슴에 도랑 물소리
눈뜨는 소리

넷·서역행
태양이 나알 따라와
목덜미를 덮친다

다섯·스켓치

천상엔 금가루 은가루
지상엔 매운 모래풍

여섯 · 지게꾼
부려도 부려도 누르는
만근 인생의 무게

일곱 · 시곡
눈 뜨자 대숲의 새소리
가슴 설레인 새벽

여덟 · 전우여, 전우여
움켜쥔
소총 끝에 피어나는
그래 보람찬
연가

수정 목마름

설움도 고삐를 풀면 비로소 환희로 피나 머리 둘 데 없
는 하늘 땅 몇 만리 밖을 맨발로 헤매던 바람 다시 돌아
왔거니

삶과 죽음의 권속은 한 이불 밑이런가 살은 듯 죽어 있
고 죽은 듯 살아 있는 하찮은 풀 포기 위에도 은빛 풍성
한 세례여

소나무 잎에 앉은 햇빛 참새처럼 모인 햇빛 무슨 도란
도란 잔치라도 벌였는지 저들은 일만 시름을 감싸주는 것
이려니

학은 어디로 갔나 가지마다 수놓던 학은 졸음 속 해오
라비 등허리 밋밋한 능선을 지켜 나래 끝 서운(瑞雲)을 일
구던 학을 찾아 보아라

이 간절한 수정 목마름 애태우는 넋의 언어 늘 깨어 있
어라 온 세상 잠 속에도, 그 말씀 천지에 가득 메아리로

남았다

초여름날 배나무 곁에

초여름날 배나무 곁에 우두커니 섰노라면 이파리 이파
리들끼리
엮는 저리 숨가쁜 작업 지나던 바람도 들려 손짓하며
가는구나

새록새록 꿈결인가 아기열매 숨소리 가만가만 햇볕이
내려
볼 부비고 돌아가면 별나라 천사도 와서 푸른 꿈을 엮
었는가

벌레 먹은 이파리처럼 그저 그렇게 시들한 날 우두커니
배나무
곁에 숨죽이고 있노라면 인생도 때로는 반짝 트이기도
하는구나

난 한 송이 핀 날에

천지가 밝게 열린다
사는 날이 맑고 깊다
사뿐 걸어보랴
둥둥 구름을 타랴
한 그루 난이 연 아침의
오, 황홀한 순간이여

이슬 젖은 새소리도
모두 보배 같느니
햇볕 잘 드는 남창 곁의
무슨 기도로 피어
얼룩진 남루를 가리고
환히 뜰로 나선다

한갓 풀포기도

한갓 풀포기도
때가 오고 감은 안다

잎 피고 꽃 필 때와
잎새 훌훌 보낼 때와

천도(天道)가 오가는 이치
바람결로 익히 안다

우수(雨水)

한 줌 바람이 깨운 꽃잎
꽃잎이 깨운 하늘

햇살 다시 눈뜨고
어진 넋도 다시 뜨고

언 하늘
풀리는 이치
가슴 설레이누나

적(寂)

땅은 풀잎을 길러
저의 몸짓을 하고

하늘은 그 속마음을
구름을 불러 피우지만

천지간 무슨 언어로
이 가슴을 비울까

패랭이꽃

높새바람 부는 들머리
하도한 잡초들 사이

겨자씨만한 하늘을
담아 올린 패랭이꽃

진실로 눈물 겨웁기
저미도록 아프다

바늘 구멍으로도
한 우주를 보는 이치

목숨의 위대한 뜻을
깃발처럼 펄럭인다

시인아 추운 영혼아
너도 울면 안 된다

일출

칠흑 깊이 재웠다
바닷물로 헹구었다
구름 깃에 닦았다
놀로 활활 불지폈다

일천 겹
금비둘기 떼
아
일제히 튀는 소리

달밤

달빛이 해일처럼
뜨락에 밀려든 밤

나도 귀뚜리 더불어
쉽게 잠을 못이루고

피 닳은
가슴의 불을
어이할까 나의 시여

제5부 캘리포니아 민들레

캘리포니아 민들레

고향 고샅 바람골의
그 혼령이 날 따라와

꿈에도 생시에도
노랑 꽃대궁 나부낀다

눈물빛
그보다 진한
캘리포니아 뜰의 민들레

신기루

라스베가스 가는 길에
숲인 듯 호수인 듯

한참을 아른아른
어디론가 사라졌네

사는 일
꿈꾸는 것이라
일러주고 갔어라

바람 산

시도 때도 없이 늘 그곳은
바람이 할퀴고 간다

흙과 모래 푸나무 한 그루
발붙일 곳 없는 돌산

태양이 지지고 가면
별이 내려 징을 박고

바람은 무슨 악연으로
억겁 세월을 갈퀴질하고

돌산은 또 그만한 세월
곧은 뼈로 버티어 왔나

끝없는 대치의 하늘
핏빛 휘장을 둘렀다

사막 초(抄)

삭막한 세상을 떠나
사막으로 와보게나
엉겅퀴 풀꽃들의
하늘하늘 반가운 손짓
덤불 숲 다람쥐 토끼
더운 숨결도 만나리

끝없이 외롤라 싶으면
외롭지 않은 달이 뜨오
청정무구(淸淨無垢) 거울 속에
떠오르는 세월의 이름
어머님 주름진 얼굴
그리움에 어린다

사구(砂丘)를 지우고 일구는
매운 바람도 자고
온갖 살아 있는 것들이
탄주하는 노래의 장강(長江)

어쩌면 시의 고향을
찾아볼 수 있겠네

세상 살맛 씁쓸한 날
사막으로 와 보게나
가시 두른 선인장들의
끈끈한 생존의 의지
심령을 맑히는 바람의
미쁜 손길도 만나리

산 앞에 산 그림자
산 뒤에 산 그림자
산도 능선 몇 개쯤 포개야
색감조차 돋아나지
까마득 독수리 솟아
한결 운치를 보태고

하늘의 것은 모두

하늘로 올라가고
땅의 것은 모두
땅으로 돌아가고
아니지 하늘과 땅의 것이
가고 오고 오고 가고

죽은 사막 속에
무슨 보배가 있어
모두들 그냥 무심코
지나쳐버리고
산토끼 몇 마리 남아
더운 김을 나눈다

키다리 나무가 별을 딴다
발돋움해 별을 딴다
장대 들고 잘 익은
감을 따듯 별을 딴다
지금 막 별이 굴렀다

쉬 아무 말 마라

사시사철 바람으로
갈아낸 사막 바람으로
옹달 샘물 마시듯
오장육부를 헹궈내면
이 밤엔 새롭게 우주가
열려오고 있네

그렇다, 애정의
프리즘을 통해야만
비로소 진주도
제 빛을 얻는 것을……
불혹을 넘은 산마루
새삼 느껴보는가

나이아가라 폭포

하늘 나라 저쪽에도
설운 사연 많나 보다
저 북국 락키산맥
펑 펑 눈비로 쏟았다가
그 눈물 장강이 되어
천길 단애로 구르네

사막 송장메뚜기

한 몸 붙일 곳 없던 메뚜기 사막으로 흘러왔네

추위 추위 모진 추위 밤새 새파랗게 얼린 추위 더위 더위 목타는 더위 덤불 뿌리 태우는 더위 모질디 모진 선인장도 내 못살아 철갑 입고 바싹 마른 까투리는 땅 속으로 기어들고 흉흉하네 독수리는 허공 중에 비잉빙 돌고 배고픈 코요테는 달보고 우지짖고 용케 용케 살았다만 긴긴 낮밤 또 어이 살꼬

황토빛 위장망 쓰고
땅에 배 깔고 사노라네

유칼립터서의 기도

구름은 산 옆구리
뱀처럼 기어가고

숨어 살던 무지개
서녘 하늘에 걸렸다

백 개의 손을 펼쳐서
천의 하늘을 받느니

산의 비상(飛翔)

누가 산중중(山重重)하며
날 붙들어 두려는가

숲마다 잎새마다
새떼마냥 날으는 시늉

깊은 밤 별빛 푸른 신호로
은한강을 넘나든다

원죄인가 무슨 힘이
날 묶어 두었지만

구만리 장천까지
내 죽지는 뻗어 있고

바람 탄 대붕이 되어
시공(時空) 밖을 넘나든다

베니스 시초

서로 더 이상 갈 수 없는
베니스 해안에 서면

너와 나 사이도 어쩌면
한 구만리쯤 아득하고

까마득 수평선 밖을
바람은 해일을 몬다

바다의 표효를 보라
배를 뒤집고 미친 바다

회청빛 하늘도 함께
무너지고 있다

내 꿈은 세월의 이랑
밀려 좌초한 난파선

바다의 어법

바보야 바보 바보……
아득한 그날부터

내 발등에, 영혼에
찬물을 끼얹고 있다

이직도 무언지 몰라
답을 잃고 섰나니

숲·이미지

그대 몹시 그리운 날
내 이렇게 숲으로 되어
마냥 싱싱하고 슬기로운 이야기를
끝없이 바람결에다
흔들고 선 숲으로 되어

낮과 밤이 지나는 황홀한
오솔길을
그대에게 열어주는
설레이는 가지 끝에
결 고운 신비의 빛살
잎새마다 반짝이는……

꿈 속 깊은 데서도
차마 못 사뢴 말씀
이슬비 맞아 돋는 무지갯빛
목청으로
그대의 생각 골짜기

푸른 숲으로 서고 싶네

별 · 1

온 세상 우수를 모두
나 홀로 짊어진 날

톱질한 시간의 바퀴
날 떠밀고 지나가고

저물녘
창가에 걸린
오 별이여, 구원이여

제6부 음률의 바다

춘일한(春日恨)

쑥잎 마른 그루 밑의
죽은 봄이 살아나서

산과 들녘에도
아지랑이 불 지피고

한 하늘 목마름 저편
무슨 역사를 하는가

눈물도 사치 같은
우리네 가슴에

더미 더미 진달래꽃
타래로 안겨주고

뼈 속에 사무친 날을
잠재우게 하느니

잊고 말아라 잊고 말아라
여울물도 속삭이고

짐짓 나도 돌부처인 양
눈도 닫고 귀도 닫았네

한 누리 그냥 그대로
버릴 것이 없어라

모질디 모딘 목숨
하마 잎이 피겠다

피로 새겨 세운 일월의
아직 저린 아픔 위에

꽃으로 잎으로 하여
감싸누나, 토닥이누나

딱따구리

내 영혼의 수풀 속에 딱따구리 한 마리 산다

피로와 나태가 감겨
혼곤해진 순간이면

딱,
딱,
딱,
부리로 쪼아
번쩍
불침을 놓는다

단가

해가 질 무렵쯤이면
산이마를 짚고 건넌다
그것도 바람처럼 후딱
일순에 건넌다
인생도 하루 해 지듯
그렇게 지는 걸까

시의 몸짓

물구나무 선 나무 사이로
새 한 마리 비껴난다

그 바람에 물무늬 일고
파란 하늘이 흔들린다

이것은 천지가 지은
작은 시의 몸짓

부재

눈을 감고
나를 비운다
은한강 빛이 일고

이윽고 칠흑 어둠이
나의 존재를 지운다

신이여
나의 부재를 부디
눈치채지 말지니

별·2

밤은 한 겹 한 겹
그 신비의 껍질을 벗고

동녘 산맥들이 진홍의
주단을 펼칠 무렵

마지막 남은 별 하나
가늘게 떨고 있다

질의

천지를 창조하신 하느님
감히 당신께 여쭙니다

시방 몇 백억 광년
그 아득한 거리 밖에서 홀로

새 별을 만들고 부수며
불꽃놀일 즐기시나요?

음률의 바다

마지막 떠날 무렵쯤
한바탕 축제가 있었지

동녘 가생이까지
온통 검붉은 선율

한 생에 저무는 날의
저 흥건한 음률의 바다

세월

하루를 쌓아 감은
하루를 잃어 감이다

하루를 잃어 감은
또 하루를 쌓아 감이다

잃고 또 쌓아 가는 나날
영원으로 닿게 되리

발자국

은빛 세상 부신 아침
산비탈에
사슴 발자국

저도 무슨 시를 쓰나
눈에 흘려
바람에 흘려

고놈 참 싹수가 노오란
시나 만지며
걸어 갔나

설야

문밖에는 하늘 나라 산 신령이 보낸
갈기를 날리는 천군만마 말발굽 소리
안에는 꺼질 듯 꺼질 듯 촛불 심지 타는 소리

일몰

I

검은 바다 핏빛 하늘
맞물려 타고 있는

수평선 저쪽
갈매기 한마리
어디론가 사라진다

온 세상 다 태울 통곡
남겨두고 지는 해여

II

한 평생 사람처럼 살기
죽음보다 힘든 세월

오직 올곧은 지조
별빛인 양 품 속에 지녀

험난한 가시 구렁을
절뚝이며 갔나보다

Ⅲ
좀스런 세파타기
전혀 생래(生來)에 맞지 않고

늘 절대고독을
안으로 안으로만 키워 왔다

우리의 영혼 속 깊이
종소리로 남은 당신

Ⅳ
당신께서 넓혀 온
그 고적의 해안에 서면

어디선가 실려 오는

싱그러운 파도소리

파도가 뭍을 만나듯
늘 당신을 뵙고 싶다

우주를 울리는 넋의 언어
- 김호길 시의 의미 -

김 경 복

문학평론가, 부산대 강사

시는 고(告)하는 것이다. 천지신명에게 인간 존재로서 자신의 유한함을 알리는 것이다. 그렇게 알릴 때 천지는 이 우주의 한 점 불빛으로 켜진 인간을 돌아보고 그 생명의 온기를 자신의 몸체에 실어 쉬이 꺼뜨리지 않게끔 한다. 그래서 천지가 풀무질해주는 생기로 나날의 삶을 이어가고 있음을 아는 인간은 자신이 이 천지에 다시 무엇을 돌려주어야 할 것인지도 알게 된다. 때문에 시는 반향해온 우주의 메세지에 대해 다시 응답하는 것이기도 하다. 나의 갈 길과 머물 자리가 별빛처럼 새겨져 있는 이 우주를 쳐다보며 마음의 행로를 들려주는 것이다.

천지의 신명을 부르고 그 부름에 울려오는 천지의 감응에 대해 다시 간절한 목소리로 그 비밀스런 뜻을 노래하는 자, 그를 일컬어 우리는 시인이라 한다. 속세의 탁기에 눈과 귀가 먼 사람들은 우주의 빛과 소리를 이들 시인처럼 잘 보고 듣지 못한다. 때문에 시인들이 써놓은 인간의 언어, 즉 시로 그것을 짐작하려 하는 경우가 많다. 그러나 어떤 경우는 시인들이 우주의 울림을 깊이 포착하여 제시하지 못함으로써 우리로 하여금 피상적 의미만 보게 한다. 따라서 한 시인에게 우리는 그의 생 전체를 흔들었던 우주의 목소리를 보기를 원하게 된다. 제대로 된 시인이라면 그로 하여금 시인이 될 수밖에 없었던 우주와의 미묘한 감전의 속내를 충분히 보여줄 수 있어야 할 것이다. 그 점에서 시는 앵무새의 흉내내는 목소리가 아니라, 그의 전존재를 뒤흔들었던 '넋의 울림'이 되어야 한다.

　김호길의 시를 읽으며 바로 그러한 넋의 울림을 생각한다. 그의 시를 보면 그의 생애가 이 우주의 진동에 붙잡힐 수밖에 없었던 어떤 사연을 담고 있다. 그 사연으로 그는 시를 쓰지 않을 수 없었고, 그로 인해 그의 생은 내내 전율했음이 드러난다. 그리고 그 진동이 아로새겨진 그의 시는 읽는 독자들로 하여금 문득문득 섬광처럼 그 전율에 동참케 한다. 우주적 질서에서 보자면 그것은 하나의 작은 빛의 일렁임에 불과할 테지만 우리들 일상적 삶에서 보자면 참으로 놀랍고 장엄한 일이다. 그것은 일상적 자아에서 우주적 자아로의 확대를 경험하는 황홀경의 시간이기 때문이다. 그렇다면 그것은 무엇일까? 확실히 그것을 아는 것은 김호길 시의 중심부에 이르는 길일 것이다. 그것은 다음의 시를 보면 알 수 있다.

태평양 파도 이랑에 그림자 벗어두고
야생마 길 못들인 기류를 헤쳐나면
햇볕과 바람만 그득한 하늘 속의 하늘 나라

고층운 상상봉에 눈도 맘도 헹구어 낸
순백의 부신 평원 한나절을 널어놓고
구만리 장천(長天)을 쪼아 봉황으로 나른다

—「해발 삼만 구천 피트」 부분

그것은 바로 '하늘을 가르는' 체험이다. 이 시는 김호길 시인의 첫 시집에 실려 있는 작품으로서 그의 다른 시편들과 함께 하늘 체험을 잘 살려내고 있는 시다. 독자의 입장에서 감상해 보자면, 일상적 삶을 수직 상승했을 때 거기 "순백의 부신 평원"이 있다는 사실은 우리가 관념으로만 생각해봤지 구체적 감각으로 떠올려 보기는 어렵다. 그런데 시인 김호길은 그가 운명적으로 시를 쓰지 않으면 안 될 이 현상을 그의 현실적 삶 속에서 맞고 있음을 노래하고 있다. 즉 그는 비행기 조종사로 "순백의 부신 평원"을 그의 눈으로 직접 보고 있을 뿐 아니라 인간으로서 도저히 넘볼 수 없는 "햇볕과 바람만 그득한 하늘 속의 하늘 나라"를 훔쳐보게 된다. 그가 본 것은 우주의 비밀이

었다. 거기서 그는 강한 영혼의 파동을 느끼는데, 이 때문에 그는 인간으로 감히 다가설 수 없어 상상의 새 '봉황'으로 그의 존재를 전환시켜 우주의 한 비의(秘意)를 전하게 되는 것이다.

이 체험으로 인해 김호길의 시는 한 줄기 극점을 향해 달려 가는데 그것은 바로 '천상으로의 비상'이다. 그는 한마디로 하늘을 '날으는' 존재가 되고 싶은 것이다. 그에게 날아오름은 현실적 삶을 단순히 벗어난다는 문맥에서 쓰여지는 것이 아니라, 날아올라 진정한 존재가 된다는 의미에서 구체화된다. 때문에 그에게 비상은 존재의 의미를 탐구하는 깨우침과 같은 것이다. 가령 그가 다음과 같은 시, 즉 천상적 세계로서 별밭에 앉아 "찬이슬 빚은 명상의/ 해맑은 깨달음을……"(「별밭에 앉아」) 추구한다고 노래할 때 이는 천상적 비상의 의미를 잘 보여주는 사례라 할 수 있다. 이로 인해 그는 "꽃구름 구름 누비는/ 갈매빛 새"(「하늘 습작─새[鳥]」), 또는 "내 푸른 하늘을 가르고/ 날으는 갈매의 새"(「하늘 산책」)로 존재의 변환을 하면서 이 우주적 존재로서 갖는 여러 표지들을 자신의 삶의 의미에 새기게 된다. 이러한 의미 부여는 결코 현실을 벗어난 것으로서 관념이 아니다. 그가 하늘을 나는 조종사로서 구체적 체험을 바탕으로 한 것인 만큼 현실적이자 사실적이다.

여기서 우리는 그의 시적 세계를 두고 얼마나 사실적이냐 또는 현실적이냐 하는 사실의 확인에 초점이 있는 것은 아니란 점을 분명히 하자. 문학은 형상화로서 변용이지 사실의 지시적 기록이 아니기 때문이다. 따라서 우리는 그의 시를 읽으면서 그가 그의 사실적 체험을 얼마만큼 우주의 소리에 깊이 반응하게 풀어내리는지, 즉 사실의 의미를 얼마나 삶의 진실로 변용시키고 있는지를 살펴봐야 한다. 이미 그는 "이 하늘 바다가 엮어 온 이야기를/ 실실이 풀어내리"(「하늘 환상곡·1」) 하는 운명을 깨친 자이기 때문이다. 그럴 때 그가 비상의 의미로 가장 주목하는 것이 바로 '자유로운 삶의 추구'임을 알게 된다.

에워싼 어둠의 벽을
스스로 뚫기 위해
몸으로 불을 달구어
인력권을 벗어나던

별이여, 어느 밤하늘
빛을 긋고 가는가

―「별의 안부」 부분

형식적 정형성을 가지고 있는 시조로서 이러한 구체적 이미지와 힘의 강렬성을 느끼게 해줄 수 있는 시가 언제 있었던가 싶을 정도로 이 시는 강렬하면서 구체적이다. 특히 김호길이 현대 자유시에서도 찾아보기 힘든 천상적 삶

을 소재로 한 시의 지평을 시조의 형식으로 과감히 열어
보인 의의는 그 어떠한 말로 추켜올려도 지나치지 않을
것이다. 문학이 삶의 영역을 반영하므로써 이 영역에 대한
인식의 쇄신으로 우리들 삶의 지평도 넓어진다고 할 수
있다. 하늘을 삶의 터전으로 사는 사람들의 이야기를 통해
땅의 시선에 고착된 우리들의 시선을 교정시켜주는 것은
참으로 놀라운 작업이다. 이를 단순히 직업상의 특성으로
치부해 가는 것은 곤란하다. 그렇게 하고 넘어가기에는 너
무 많은 사연과 열정이 그의 시 속에 들어 있다.

　그렇다. 김호길은 직업적 특성에서 그의 시적 세계를 구
축한 것은 아니다. 좀더 분명히 말하자면 현실적 삶의 속
박으로부터 벗어나기 위해 "몸으로 불을 달구어/ 인력권을
벗어"나고자 하는 사람은 그 내부에 '비상에의 욕망'을 강
하게 간직하고 있다고 봐야 한다. 따라서 하늘을 나는 체
험에 의해 비상의 욕망을 갖게 되는 것이 아니라 비상에의
욕망에 의해 하늘을 날게 되었다고 보는 것이 옳다. 그렇
게 본다면 그가 조종사로서의 직업을 선택하게 된 배경에
이러한 욕망의 강렬성이 먼저 자리잡고 있었으며, 그리고
그 욕망의 구체적 달성으로서 비상의 경험을 시에 다양하
게 변주해 보이는 것은 그의 본능적 상상력의 방향을 충실
히 따라간 것이라 보아야 한다. 그 점에서 천상적 상상력
이라 불러야 할 이러한 비상의 이미지는 바로 욕망과 현실
이 행복하게 일치된 김호길만이 가질 수 있는 특권적 이미

지라 할 수 있다. 그 이미지의 동력은 물론 자유로움의 추구다. 그렇기에 그것은 우리가 쉽게 생각할 수 없는 상상력의 한 자락을 보여준다. 그의 비상은 현실적 삶에 구속당하지 않으려는 열정적 존재에게만 열리는 길이기 때문이다. 즉 자유로운 세계를 갈망하는 의지적 존재에게만 천지가 동화되어 함께 뻗어가는 길이다. 따라서 그 비상의 행로는 스스로의 욕망에 의해 날개를 편 존재들의 좌표다.

김호길은 이것을 집요하게 노래하고 있는데, 나는 이 점을 김호길 시의 중심적 내용으로 주목하고 싶다. 이 자유와 관련된 우주의 소리는 성긴 인간의 주파수에는 포착되지 않는다. 그러나 예민한 인간이 이 우주와 한 몸이 되어 자유로운 존재가 되고 싶다는 욕망을 강하게 품으면 이 우주는 인간의 심리에 동화되어 일체가 된다. 그 점에서 시는, 서정시는 이 우주와의 일체화다. 동화와 투사를 통해 세계를 자아화하는 서정시의 본령은 바로 이 점에서 자아의 세계로의 비상이 근본적으로 내포되어 있다. 따라서 김호길이 제 욕망의 투사로 이 우주 한 가운데를 질러가는 날개를 가진 존재로 다시 태어난다 했을 때 그것은 가장 서정시의 원형을 따라간 것이며, 인간의 제약성과 구속성을 벗어나고자 하는 고귀한 충동의 충실한 표현이자 우주의 파장을 포착하는 섬세한 표현인 것이다.

그런 점에서 이제 김호길은 상상적 세계에서 영원히 사라지지 않는 황금의 날개를 펴고 우주를 떠돈다. 그것은

무엇을 말하는가? 그것은 결국 김호길이 추구하는 비상의
궁극적 의미가 바로 자유로운 존재를 획득하면서 인간 존
재로서 가지는 실존적 한계, 즉 삶의 유한성을 초극하고자
하는 것임을 말해준다. 다음 시는 바로 그와 같은 지순한
욕망을 가리킬 것이다.

> 비취 하늘 떼구름밭 평화로운 태양의 나라
> 더러는 집채같은 솜구름 몰려 산다
> 영원한 안식의 고향이사 하늘 밖에나 있는가
>
> —「풍경초」 부분

　시는 간절히 원하는 것을 부르는 것이다. 그것을 앞에
서 하늘에 고한다고 표현하기도 했다. 그렇게 본다면 이
시에서 말해지고 있는 "평화로운 태양의 나라"는 무엇을
뜻하겠는가? 그것은 바로 인간적 한계나 제약을 벗어난
이상향을 시인이 간절히 부른다는 것이 아닌가? 그곳엔
당연히 생명적 끊김도 존재하지 않을 것이다. "영원한 안
식의 고향"이 잇달아 표현되는 것을 볼 때 김호길은 상상
으로 이 우주에 인간적 욕망의 지고지순한 성채를 구축하
고자 한 것이라 볼 수 있다. 그것이 그의 비상이 갖는 의
미의 핵심이라 할 수 있을 것이다.
　그 점에서 그의 시에 직접 비상을 다루면서 "하늘의 성
스런 피가 굽이치고 있을"(「비상(飛翔)」) 곳을 노래하고 나

올 때 그것은 인간의 성화(聖化)를 의미하는 것이기에 진정한 삶의 추구로 다가온다. 시인이 "찬란한 저 은빛 나래"(「비상(飛翔)」)를 달고 영원한 안식의 고향으로서 "태양의 나라"에 살고 싶다 했을 때 그것은 한 순간의 감상적 소원이 아니라 인간 존재의 지고한 가치를 추구하고 싶은 깊은 사색의 결실로 받아들여지는 것이다. 그 점에서 그의 시는 이 지상에 세우고 싶어하는 영혼의 성채다.

어떤 이는 이러한 영혼의 성채를 공허한 세계라 폄하할지 모르겠다. 어떻게 보면 일상적 현실 속에서 이 세계가 구체적 작용을 드러내 보이지 않는다는 점에서 그렇다고 할 수도 있을 것이다. 그러나 이는 한 면만 보고 양면을 보지 못한 처사다. 왜냐하면 상상으로 이상 세계를, 달리 말해 의식으로 유토피아 세계를 그려보이는 것은 바로 현실적 삶의 결핍을 환기하기 때문이다. 즉 유토피아 세계가 생생하고 고귀할수록 현실적 삶의 부정성이 깊이 반영되어 있다. 따라서 유토피아 세게의 형상화에 치밀할수록 현실적 삶의 피폐성을 보다 높은 차원으로 변환시키고자 하는 힘의 강렬성을 갖고 있다고 볼 수 있다. 그 점에서 우리는 김호길의 천상적 세계로의 비상이 그리 녹록치 않은 이미지임을 알아야 하는 것이다.

실제 김호길은 첫시집 이후 그의 시적 세계를 이러한 현실적 부정성과 그것을 매개하여 보다 높은 차원의 세계로 변환될 수 있는 것과의 길항, 즉 밀고당김으로 부조하

고 있다. 이 점에서 현실적 삶의 궁핍과 역사적 현실의 상
처는 바로 영혼의 성채를 더욱 간절히 부르게 되는 근원
적 계기다.

분계선 어디쯤서
지뢰로 터지고 말까

아무리 휘돌아 봐도
여긴 분명 이방인데

원 모아 애저린 마음
혈맥 치는 조국아

—「금화에서」 부분

바람은 무슨 악연으로
억겁 세월을 갈퀴질하고

돌산은 또 그만한 세월
곧은 뼈로 버티어 왔나

끝없는 대치의 하늘
핏빛 휘장을 둘렀다

—「바람 산」 부분

한 몸 붙일 곳 없던 메뚜기 사막으로 흘러왔네

추위 추위 모진 추위 밤새 새파랗게 얼린 추위 더위 더위
목타는 더위 덤불 뿌리 태우는 더위 모질디 모진 선인장도 내
못살아 철갑 입고 바싹 마른 까투리는 땅 속으로 기어들고 흉
흉하네 독수리는 허공 중에 비잉빙 돌고 배고픈 코요테는 달보
고 우지짖고 용케 용케 살았다만 긴긴 낮밤 또 어이 살꼬

황토빛 위장망 쓰고
땅에 배 깔고 사노라네

－「사막 송장메뚜기」 전문

이 세 편의 시는 바로 천상적 세계로의 비상이 그렇게 강
렬할 수밖에 없음을 반증해 보여주는 사례라 할 것이다. 이
시들은 첫시집 이후의 것들로 최근의 것까지 골고루 포함
된 것들인데, 모두 다 비상의 이면을 그가 차츰 관심 영역
으로 부조시켜 보여주고 있는 것에 해당한다. 그 점에서 작
품 제작 연대의 선후가 상상력의 방향을 결정하는 중요한
지표라 할 수 없다. 개인적 상상력은 그의 본능적 특질에
의해 결정된다. 김호길에게 생은 언제나 고단한 것이었다.
그렇기에 비상을 노래했고, 비상을 노래해 현실적 고달픔을
잊고자 했지만, 아무리 꿈꾼다 하여도 삶이 실제로 쓸쓸하
고 고단한 것이란 사실이 사라지지 않음도 알았던 것이다.

그래서 그 쓸쓸함과 궁핍의 이미지들을 일상적 현실 속에서 "분계선"과 "돌산", "바람산", 그리고 사막으로 표상된 삭막한 현실 속의 "송장메뚜기"로 나타내고 있는 것이다.

　이 시들의 미덕은 현실의 고통을 구체적 이미지로 생생하게 드러냈다는 점이다. 그런 점에서 이후 여러 시집에서 보이는 현실적 곤고함을 노래하는 시들, 특히 미국으로 이민간 뒤 쓴 "고향 고샅 바람골의/ 그 혼령이 날 따라와// 꿈에도 생시에도/ 노랑 꽃대궁 나부낀다// 눈물빛/ 그 보다 진한/ 캘리포니아 뜰의 민들레"(「캘리포니아 민들레」) 등의 시들은 삶의 신산한 여러 국면을 실감나게 형상화함으써 삶의 무상성과 궁핍성을 곡진하게 그려내, 천상적 세계에 대한 간절한 서원의 필요성을 환기시키고 있다. 따라서 김호길은 그의 전 생애를 걸쳐 다음과 같은 천상과 지상의 삶의 대비, 또는 그 극단에서 발생하는 삶의 긴장을 염두에 두고 살았다고 볼 수 있다.

　　천상엔 금가루 은가루
　　지상엔 매운 모래풍

—「홀 시조 연습—다섯 · 스켓치」 부분

　그의 시에 보이는 천상의 "금가루 은가루"는 비상의 날개이자 하늘의 궁륭을 밝히는 별이다. 그것들은 앞에서 보았듯 신성한 존재다. 때문에 그에게 별은 후기 시에 와서도 "저물녘/ 창가에 걸린/ 오 별이여, 구원이여"(「별·1」)처럼 구원의 이미지가 된다. 그러나 이 시에서 또 우리가 볼 수 있는 점은 현실적 삶의 객관적 인식이다. 지상의 "매운 모래풍"을 잊지 않고 있다. 현실적 삶의 삭막함과 준열함을 받아들이고 있다. 이는 지상에서 천상으로 머리를 세우고 있는 인간 존재의 필연적 국면을 김호길이 상징적으로 형상화한 것이라 볼 수 있다. 고통 속에서 진정한 삶으로의 초월, 그러나 언제나 지상의 매운 모래풍에 발목이 잡히는 인간. 이것을 짧은 홑시조로 포착해 낼 수 있다는 것은 그가 삶의 진실에 얼마나 육박해 들어가 있는지를 알 수 있게 해 주는 대목이라 할 것이다.

그 점에서 가장 최근의 시라 할 수 있는 시 한 편이 그의 시적 세계를 완성시키며 우리들 가슴을 친다. 그것은 인간이기에 인간으로서 한계를 자각하면서 이 세계의 무의미성으로부터 벗어나고자 하는 가장 본능적이고도 고귀한 인간의 몸부림을 보여주기 때문이다.

누가 산중중(山重重)하며
날 붙들어 두려는가

숲마다 잎새마다
새떼마냥 날으는 시늉
깊은 밤 별빛 푸른 신호로

은한강을 넘나든다

원죄인가 무슨 힘이
날 묶어 두었지만

구만리 장천까지
내 죽지는 뻗어 있고

바람 탄 대붕이 되어
시공(時空) 밖을 넘나든다

—「산의 비상(飛翔)」 전문

　현실적 공간에서 산은 무겁기 짝이 없는 둔중한 존재다. 그것도 특히 여러 현실적 질곡에 "붙들려" 있을 때 더할 것이다. 그러나 그 산도 현실을 초월하고자 하는 욕망에 의해 날개를 펼 때, 즉 자유와 영원을 꿈꾸는 생명의지로 가득 찰 때 그 무거운 실체도 중력을 거슬러 "은한강을 넘나들"고 "바람 탄 대붕이 되어/ 시공 밖을 넘나들" 수 있게 되는 놀라운 사건이 된다. 이것은 단순한 환상이 아니다. 마음의 강렬한 표출인 만큼 현실적 존재의 변화를 가져온다. 현실은 고통스럽지만 거기에 좌절하고 안주해 있을 수만은 없다는 강인한 생명적 존재로 다시 서는 것이다. 그러므로서 우리는 이 시를 보고 그의 현실적 고뇌

와 그것을 초월하고자 하는 그의 욕망이 얼마나 강렬하고
절실한지를 알게 되는 것이다.

그 점에서 그가 다음과 같이 "이 간절한 수정 목마름
애태우는 넋의 언어 늘 깨어 있어라/ 온 세상 잠 속에서
도, 그 말씀 천지에 가득 메아리로 남았다"(「수정 목마름」)
고 시의 의미를 말했을 때 그것은 그의 상상력이 가닿은
세계의 가치를 그 스스로 명확히 해 주는 것이라 할 수
있다. 그가 시를 "넋의 언어"로 "천지에 가득 (퍼져있는)
메아리"로 구체화할 때, 그리고 그 언어는 잠들어 있는 것
이 아니라 "늘 깨어 있어"야 함을 강조할 때, 이는 바로
세계의 무상함이나 무의미를 "간절한 수정 목마름"으로
살려내는 것에 해당한다. 그것은 달리 말해 그가 늘 꿈꾸
던 '하늘나라', 다시 말해 '평화로운 태양의 나라'로 비상
함으로써 우리 인간이 본질적으로 가지고 있는 삶의 불모
성을 극복하는 것이다. 영원한 세계에의 지향은 삶의 무의
미와 나태함을 그의 시 「딱따구리」 속의 '딱따구리'처럼
"불침을 놓"음으로써 살아있음과 살아갈 방향을 끝없이
찾는 것이다. 그래서 그에게 삶은 멈추지 않는다. 그 움직
임의 화살 표시가 바로 비상의 이미지이며, 거기에 김호길
시의 심처가 있다. 그 동력은 인간의 고귀한 본능이자 갈
망인 만큼 강한 자장을 내며 세속의 때에 굳어진 우리들
의 눈과 귀를 씻어준다. 시가 위의를 갖추는 지점은 바로
이 자리인 것이다.